如意四季歌

如意四季歌

RUYI SIJI GE

张如意　著

河北大学出版社
·保定·

出 版 人：耿金龙
责任编辑：翟永兴
装帧设计：赵 谦 张彦琪
责任校对：刘景坤
责任印制：靳云飞

图书在版编目（CIP）数据

如意四季歌 / 张如意著 . -- 保定 : 河北大学出版社，2019.5
ISBN 978-7-5666-1478-0

Ⅰ . ①如… Ⅱ . ①张… Ⅲ . ①诗集－中国－当代
Ⅳ . ① I227

中国版本图书馆 CIP 数据核字 (2019) 第 074749 号

出版发行：河北大学出版社
地址：河北省保定市七一东路2666号 邮编：071000
电话：0312—5073003 0312—5073029
网址：www.hbdxcbs.com
邮箱：hbdxcbs818@163.com
印 刷：保定市正大印刷有限公司
幅面尺寸：150 mm × 230 mm
字 数：100千字
印 张：13.75
版 次：2019年5月第1版
2019年5月第1次印刷
书 号：ISBN 978-7-5666-1478-0
定 价：66.00 元

人生自有诗意　诗意美在四季

——《如意四季歌》序

捧起诗情如画的《如意四季歌》，顿时走进了诗与季节相互交融的四季长廊，景浮眼前，情满心头，风歌雅韵颂春秋。诗作在时序的起承转合中，记述了作者跋涉的心灵足迹，刻录了诗人出于喧嚣中的淡然自在的人生感悟。品读诗集，在四季风景环象的赏析中自会悟出诸多深邃的人生况味。

不曾想，自2016年开始诗歌创作的如意先生，竟在近两年的时间内完成了这部如此隽秀的佳作，委实令人赞叹。

《如意四季歌》是一部古体与近体诗词相交的诗集，很典雅，又很通俗。诗集分为春之歌、夏之舞、秋之曲、冬之梦四章，四季风景绚丽多彩，各美其美。读起来抑扬顿挫，看起来远近高低，诵起来如诉如曲，品起来意味深长。四季诗对我们来说并不少见，四季诗人对我们来说也并不陌生，但是由一位作者以诗词形式对四季风景进行全景式的描写却并不多见，《如意四季歌》可谓是近年来当代诗词创作上一个难得的收获。

一

诗咏美。如意的四季歌，首先描摹出的是典美的四季情境。

诗是用简练的符号和精炼的意义来表达情思的文学样式。闻一多提出了诗的“三美”标准，即“音乐美、绘画美、建筑美”。“音乐美”，说的是韵律美；“绘画美”，强调诗词词藻要有色彩感，说的是语言要美；“建筑美”，指的是诗的结构，强调诗的谋篇布局要新奇，不落旧臼。《如意四季歌》，正是以“美的结构、美的韵律、美的语言”创作出来的一部凸显审美风格的作品。

立意新奇，是如意四季歌的鲜明品性。

文似观山不喜平。好的构思，即新奇的立意，会带来想象的意外，引人入胜。如意善于给诗歌选题寻找新颖的表现形式。在《石榴红》一诗中，他用“门前石榴秋红早，风吹新娘盖头掉。满面娇羞遮不住，一片深情对君笑”这样的诗句，将熟红的石榴描绘成了满面娇羞遮不住的新娘，落花成了被风吹落的红盖头。出奇的比喻形成的拟人化的构思，绘声绘色，令人浮想联翩。古往今来，讴歌出淤泥而不染的荷的诗画琳琅满目，工作与生活在古城保府莲池的诗人也极尽了笔墨，但他却在《荷塘泥赞》中，生出了另一个奇思：“人赞池中荷高洁，皆把淤泥论是非。若无深深护花意，哪得年年芙蓉美？”诗人站出来为蒙受千秋冤案的淤泥正名，将其歌为“护花”的簇拥者，这种颠覆性的立意别开生面，势必带来人们对生活的诸多连带性思考。

运笔灵绘，是如意四季歌的鲜明色彩。

作者运笔若绘，笔下文字婉约瑰丽，富有画面感。以春天的暖水秀柳为例，作者在《春池》一诗中，写道：“晨风弄柳丝，清影戏涟漪。池中春来早，岸上花开迟。”诗人用一个“弄”字，将春风的和煦与温和描绘得惟妙惟肖；用一个“戏”字，将初露柳绦摇曳的倩影描绘得柔情千种。他的《赏桃花》《春早》《夏夜喜雨》《玉兰花》《爱莲》《端午思》《立冬》等，语言灵动，华而不奢，情中有景，景中有情，给我们描绘出了情景交融的特有的人间四季。

韵律谐奏，是如意四季歌的鲜明格调。

从古至今，只要是“诗”，其语言就要有节奏、有韵律，无韵律，不是诗。如意先生深受古典诗词格律的影响，故《如意四季歌》中收录了他不少韵律和谐优美的古体诗词，例如五言绝句《蛙鸣》一诗："池塘清凌凌，水面笑盈盈。凝眸看清荷，侧耳听蛙鸣。"诗人伫身清凌凌的池塘，笑看盈盈的水面，凝神瞩目于婷婷清荷，侧耳于池塘蛙鸣。以平仄、对仗、押韵、黏连的格律，塑造出了一片水滢荷净的人间净界。

《如意四季歌》中更多的篇章则是新格律诗，它已超越古体诗的樊篱，表达的诗意更为自由流畅。请看《相逢图书馆》一诗："夏末秋初雨蒙蒙，新屋旧友喜相逢。天下最美是书香，世上难得唯真情。"再如他的《初夏清晨阡陌行》《五四感怀》等篇，由于内容丰富，情事纷纭，用古体诗词很难充分表达，而用新格律体，撇开平仄、对仗、黏连等，不再泥古格律，只保持字词的韵脚，既可以铺陈开来，又不失乐感，表情达意极佳。可谓是"高低自成律，长短皆是情"（见《听虫鸣》）。

请看作者的《五四感怀》一诗：

晨起看日出，夜晚观月明。
不在山中住，亦有仙野情。
庭前侍花草，屋后掌青灯。
侠义他年事，仗剑卷中行。
人间杀伐多，岁月刀枪冷。
不求闻与达，命运自随风。

这首诗动中有静，静中有动，云淡风轻，花草青灯，日出月明，夫复何求？俯观沧桑，刀枪杀伐已成历史；侠义他年，业成积淀；作为一介书生，纵有易水之志，也只能仗剑卷中。叹辽阔浩渺，与其壮怀激烈，博命闻达，莫若在风萧水寒中守住吾心，让命运在如海的书卷中解读生命的内在，挥发出自有的风华，悠扬翩跹。美哉，壮哉！

二

诗传情。生命如歌，读如意的四季歌，能读出醇真的诗情。

情感是诗歌的生命。如意先生是一位钟情重义之人，诗集里饱含着诗人的浓浓情怀，掩卷细忖如意的四季歌，会将春、夏、秋、冬对接为喜、怨、哀、乐的四种真心情怅：

如意诗里的喜，喜得温柔。

好诗都有温度。如意热爱生活，诗人喜春之花草的俏丽、喜夏之风雨的浪漫、喜秋之果实的丰厚、喜冬之霜雪的静谧。但他的喜不是喜形于狂，而是喜得温柔，似与作者严谨沉稳风平浪静的性格有关。诗人在《迎春花》一诗中写道：“枯枝丛中一粒黄，料峭寒风独自放。不与繁花争世界，只把寸心献春光。”面对料峭春寒中独自绽开的迎春花，诗人心悦之余，想到的是迎春“不与繁花争世界，只把寸心献春光”的品质，很暖人，喜得温和，也喜得深刻。

如意诗里的怨，怨而无悔。

生活里谁也难免生怨，怨不可责，然怨而无悔才最可贵。作者在《新叶残花》里写道：“新叶喜宿雨，残花怨春深。红绿季节事，美丑在人心。”摧枯拉朽，本是自然现象，残花却幽怨春天走得太快，致自己红颜凋零。诗人开导说：“红绿季节事，美丑在人心。”季节交替是自然规律，计较不得，若落花有心可以化作春泥护花，由此不是也可以获得美丽的延续吗？

《桑葚歌》里写的怨委则较深：“青叶化蚕丝，紫葚救君饥。只因一言误，留下满腹屈。”作者在这里引用的是桑树救驾、椿树封王的故事。西汉末年，在平定王莽叛乱中，刘秀兵败流落于幽州，饥饿难耐时以桑葚充饥度过了叛兵追杀。刘秀获胜后派人去封赏桑树，不料去的人不认识桑树，错将椿树封王。满腹委屈的桑树，却有怨无悔，依然年年结满香甜的果实献给人间。诗人赞曰，“往事越千年，帝贼皆成戏。桑葚今又甜，枝头黄鹂喜”，讴歌了桑树的隐忍与大度。

如意诗里的哀，哀得禅深。

岁月更迭中，风华正茂的春枝逐渐变成枝衰丫枯的老树，悲伤吗？不能说没有，但诗人却写出了另一种哀而不伤的生命景象，“逢暖随风长，遇寒伴风落。只留傲骨在，赳赳向冬歌”（见《老树》）。留得一身傲骨的老树，不仅不屈服于岁月催老的残忍，还要在寒冬中唱一支属于自己的歌，够豁达。似信手拈来的《禅心》一诗里有这样的句子：“闲看浮云淡听风，鼓噪喧嚣求心静。万水流过守半池，千花开罢赏一红。”面对在诚信缺失、信仰歪斜中“鼓噪喧嚣”的现实生活，作者内心难免会生出一种隐忧，虽心有不悦，却只当“闲看浮云淡听风”。因为他相信社会改革涤荡浮腐沉渣的巨大动力，也深信社会进化过程中的自净能力，最终在繁花之后开放的那一朵才是最美的那一红，寓意不菲。

如意诗里的乐，乐得雅致。

诗人在《荷塘乐》一诗中写道：“夏晨日出早，阳光洒塘坳。碧荷更欢喜，身姿多妖娆。我走荷塘岸，如行瑶池边。虽无青云路，心已半成仙。”夏日清晨，诗人迎着旭日，在塘坳边散步。望着身姿妖娆的满池碧荷，心旷神怡，如同在瑶池仙境行走。思前想后，人的一生可能因各种遭遇无平步青云之幸，但只要不虚度年华，且做成了一些事，便可羽仙而悦，何必为得失而失态失迷。幸福是自己的体验，快乐是自己的心境。

如意之所以能在喜、怨、哀、乐间做到温文尔雅，喜而不躁、怨而无悔、哀而不伤、乐而不惘，与其修炼有关，与其心静有关。

诗人在《守静》一诗中写道：“池塘平如镜，不生一丝风。任尔车马喧，我心自守静。”因守静，故酷夏不酷。“花红叶绿莲蓬香，水幽草浓柳丝长。肥蛙何须怨暑热，一片清凉在荷塘”（见《乘凉》），谓之心静自然凉。心静岂止炎热生凉，心静者天地也会变宽。在《夏晨》一诗中,诗人写道:“闹市求清静，浮城寻安闲。清晨半亩塘，有我一片天。”谁能在闹市中潜心求静？谁能在红尘滚滚中戒消纸醉金迷去寻觅属于自己的那一片天？静者也。

岁月静好。

三

诗言志。读如意的四季歌，能读出一种善行的诗意。

如意的四季歌，写的是四季人生。诗人笔下，春华秋实，夏放冬藏，季转景移，曼妙舒卷，深处看却是人生百味。一朝一夕一年华，一景一世一风华。纵观如意笔下的四季歌，聚焦的原是善行的品性。

诗中说：不争为善。

诗人爱水，四季歌中，清清春水，粼粼秋塘，使诗歌灵动婉转。在《爱晨塘》一诗中，诗人写道:“水中清叶绿， 岸边芒草长。鱼儿喜池深，青蛙爱夏凉。”尽管池水滋养了水中生物，但却无意争宠，褒扬了人间那种向善无争的品格。世间功与名，谁人能说清？“莫若池中水，动静皆随风”（见《闲思》）。水的上善，自有品评，自己何必去争说。

不争不是不努力，努力却不是以争为目的。诗人深知人生苦短，也一直拼力向前，也有过“ 我若做蓝天，只想娶白云”（见《五月》）的假想，最终还是归与淡泊，如蝉那样。请看诗人写的《蝉鸣》一诗：“暑深蝉声急，早晚拼命啼。一生一首歌， 缘何执此意？”这首诗体现了诗人的人生观，如若能像蝉一样，不好高骛远，一生能把一首歌专心唱好，便是无愧于生命所托了。

诗中说：洁身为善。

哲人们讲过，如果我们不能改变世界，那就首先改变自己。作为一介书生，虽无力改变社会，却可以把控自己，做到洁身自好，堪为善行。在《露珠》一诗中，诗人写道：“露珠挂草尖，生来命何短。洁身自好志，俗世犹可赞。”难能可贵的是，诗人将“洁身”视作是一种人生志向，其认知实在够洒脱。

以洁为志者，方会获得从容。作者歌颂了人们所熟悉的许多红肥绿瘦，也描写了不为人知的许多花花草草，人知也好，不知也好，赏识也好，不赏识也好，都要好好活着。诗人在《天人菊》一诗中写道：“身在草丛中，娇小人不识。平生我自赏，任尔风东西。”在诗人看来，凡事不妄求于前，不追念于后，自然达观，事能随缘，皆是禅路。

自身如此，在对子女的期待和教育上也是如此。面对出国留学的女儿，诗人心情如水。在《送女有感》一诗中，作者写道：“有女初长成，求学扶桑行，望断东海水，难尽父母情。苦旅是人生，成败由天命。此去多努力，只求人安平。”若是多一些家长们能读到如意的这首诗，该会删减多少望子成龙的硬性烦扰。

诗中说：爱人为大善。

爱他，即为他人着想，祈福人们趋利避害，这是大善。在《求静》一诗中写道：“池水意守平，我心欲求静。怎耐岸边树，总要招东风。”此诗是对人们“树大招风”的善意提醒。为此，生活中要善于放低自己的存在。在《花与人》一诗中，作者借人与花，启迪人们要有天人合一的世界观，要摆正自己与世界的关系。“人赏花时花看人，花有情志人有心。人伤情时花溅泪，花欢喜时人也醉。花无人赏花徒美，人无花赏人空醉。花若有情花莫谢，人若有心人不老。”此诗好读但需深解。这里的花，不是具象的花，而是指花花世界。你看世界，世界也在看你；你如何看世界，世界也在如何看你；你如何对待世界，世界也会如何对待你。读者从深入体悟中自会提升入世与出世的睿智。

诗人的大爱，主要表现在与其工作相关的“劝读”上。

诗人原为河大外语学院院长，后调任图书馆馆长。他在完成职责转换后很快意识到书读好了想不优秀都不行，并将此理四下播撒。自谦书童的诗人在其《春日图书馆》一诗里这样写道：“笛声悠扬舞翩跹，书香四溢满校园。借问春色哪里好，书童遥指图书馆。”此诗缘于去年由河大图书馆主办的读书月，面对书香四溢的校园，兴奋不已的“书童”在书香里预想着学子们美好的未来，春色有书色更好，知识才是人世间最好的风景，故发出这里春色最好的感叹。

有人说，优秀作品其实都是优秀人格的展现，支撑作者走向更好更远的永远是他的见识、格局以及人格焕发出来的魅力和灵魂抵达的高度。如意也说：“我写诗，终究意义是要表达真、善、美，即要表达自己所追求的物之美、情之真、理之善的精神境界。”

笔者以为，诗人在这里所说的“物之美”，实则是指诗中的景境所形成的诗的“形象”，即诗“形”之美；而“情之真、理之善”，则指的是诗的内在的“精神”， 即诗“神” 之美。纵观《如意四季歌》，可谓形神交融，形神毕肖，实现了作者创作的审美初心。可牢记初心还不够，方得始终的应是诗人更高的审美理想。

望着西服笔挺又经纶存量满腹，向着真善美方向前行的诗人，笔者笃信其创作之路一定会越走越宽。

刘增山

2019年3月

目录

第一章

春之歌

春山情

神龙抬头日，
八九燕来时。
人间杨柳早，
山上春来迟。
君皆盼花开，
我自看一石。

赏桃花

早桃映日连天开，
千朵万朵绯云徊。
花下丽人谁人识，
犹忆东瀛上野台。

春山桃花

闲日访春山，
偶遇桃花仙。
蜂蝶笑我呆，
不识蕊蜜甜。

玉兰花

东风拂面暖还寒，
玉兰怀春酥胸满。
不负昨夜月照情，
一朝竞放香满天。

雨后落英

细雨洗石径，
斜风裹春寒。
只为悦伊人，
何惧香命短。

观花随感

花开有早晚，
叶绿分先后。
从来事不急，
人诚天自酬。

春华秋实

桃花开罢李花放，
众香国里竞芬芳。
不是春分殷勤雨，
哪得金秋果飘香。

清明赏花

借得早来清明雨，
洗你切切报春魂。
赏花只需诚澄目，
欲醉何必杏花村。

不舍

五更人不眠，
独赏下弦月。
身虽向南天，
心却在北国。

海棠花

海棠花飞满地雪，
随风飘散香三月。
树下依稀看旧人，
多情笑我泪珠落。

槐花香

新叶满目翠，
碧空万里长。
摘下童年花，
送你一生香。

游武夷山记

武夷不恋茶，
九曲何思饮。
至今思朱子，
古来能几人？

踏青

春晨踏青去，
再访七星池。
水中又柳影，
月归南山时。

书屋夜话

晚风拂明月，
华灯弄树影。
我有黄金屋，
只宿夜读僧。

春柳

池水平如镜，
静静待天明。
晨起谁先妆，
春柳胜春风。

春池

晨风弄柳丝，
清影戏涟漪。
池中春来早，
岸上花开迟。

迎春花

枯枝丛中一粒黄，
料峭寒风独自放。
不与繁花争世界，
只把寸心献春光。

心暖花

风轻雾霾去，
云淡红霞出。
心中有温暖，
处处皆春天。

春早

云低日出晚，
春浅池水寒。
万紫莫争美，
千红只等闲。

春分

夜去昼来天平分，
雀鸣鸟啼闹春晨。
东风微微一枝俏，
只盼早起赏花人。

新春

花红又一片，
柳绿又一期。
岁岁人颜老，
年年有新意。

春水

春晨一池水，
映出万朵花。
不是自身洁，
哪得他人美。

春香

昨夜花无眠，
今朝次第放。
虽知花期短，
亦留满春香。

花心

日长春晨短，
花红色易残。
当赏直须赏，
莫等失人面。

桃花蕾

窗前数株桃，
暖暖沐斜阳。
芳心藏不住，
红蕾映粉墙。

樱花

红作云团粉成烟，
百媚千娇竞妖艳。
静待春雨化丹泥，
黄沙漫卷若等闲。

自谦

好饮在微醉，
高人自谦卑。
人皆赏红紫，
我独看花蕾。

花与人

人赏花时花看人，
花有情志人有心。
人伤情时花溅泪，
花欢喜时人也醉。

花无人赏花徒美，
人无花赏人空醉。
花若有情花莫谢，
人若有心人不老。

恋花

繁华易逝春晨短，
紫凋红谢香消散。
我劝东风慢些吹，
莫使花瓣落凡间。

海棠

春短睡徒长，
梦乡复梦乡。
吴刚恋月桂，
晨风爱海棠。

恋乡

如意登车将欲行，
回眸凝神望故城。
人说江南风花好，
不及门前海棠红。

过济南

广播惊短梦，
人已过泉城。
好汉今安在？
每每思秦琼。

旅途

车上闲来翻书卷，
页未展开眼睁难。
不知是眼不喜字，
还是撇捺不爱俺？

江南行

列车过江南，
新绿满山川。
池塘映晚霞，
暮霭起天边。

耳畔多侬软，
声声似评弹。
何处寻吴钩，
哪里看越剑？

去国愈遥远，
心中越思念。
身在姑苏地，
魂已回燕丹。

闲情

林间花香浓，
池畔草青青。
春月辞良宵，
旭日迎晨风。

花下人未老，
枝头鸟正鸣。
悠悠天上云，
淡淡山野情。

归途

车愈向北天愈沉，
旅途漫漫催人困。
我盼房前沥春雨，
桃花更红柳更新。

落花

春困晨起晚，
雨后百花残。
落地连片雪，
浮塘化睡莲。

盼夏

春晨谁起早？
枝头为谁叫？
看罢庭前花，
静待坡上草。

新绿

梨花谢罢桃花稀，
海棠暗香随风去，
万树纷纷换春装，
又是一年满眼绿。

谢春风

人颜年年老，
桃花岁岁红。
能与春光在，
何不谢春风。

心美

人且叹春短，
花更怕凋零。
心中若有美，
日日皆桃红。

求静

池水意守平，
我心欲求静。
怎耐岸边树，
总要招东风。

春日图书馆

笛声悠扬舞翩跹，
书香四溢满校园。
借问春色哪里好，
书童遥指图书馆。

离京

京都花虽好，
毕竟他乡红。
为留门前香，
风雨亦兼程。

春山

静听山风起，
闲看白云过。
枝头红花稀，
石径日影斜。

新叶残花

新叶喜宿雨，
残花怨春深。
红绿季节事，
美丑在人心。

四月

紫丁地紫月季红，
槐花飘香雪忍冬。
谁不夸俺四月好，
最是清晨初夏风。

春晨

芒草悄悄添新叶，
玫瑰静静换旧枝。
初夏何时约春晚，
你歌我舞迎旭日。

第二章

夏之舞

立夏

月季怒放红作屏，
蔷薇盛开粉作障。
鱼儿欢游求新偶，
燕子衔泥筑巢忙。

夏夜喜雨

雨后深夜行，
水映灯更明
若是叶不动，
谁知有清风。

禅心

闲看浮云淡听风，
鼓噪喧嚣求心静。
万水流过守半池，
千花开罢赏一红。

牵牛花赞

一夜清风来，
牵牛并蒂开。
红颜映天长，
两情地久爱。

结课记

杏黄李紫桃红头，
时不我待竞相熟。
不知明日谁先尝，
徒增白发枉添忧。
结课权当毕业季，
相聚且看是别离。

赏荷花

晴日须起早，
只为荷仙邀。
挥手南天月，
眼含霞万道。

青蛙声止处，
水畔青青草。
荷姐妆已浓，
荷妹尚含苞。

夏意

草密石径荒，
人疏蝉声长。
心若懂夏意，
何必盼秋凉。

暑志

日长心意懒，
晨醒复又眠。
黄卷枕边睡，
纸扇遮半颜。

听虫鸣

夏深草正浓，
凭栏听虫声。
高低自成律，
长短皆是情。
锄草人何急？
请待起秋风。

恋夏

天高树影长，
坡上草自荒。
开学缘何急？
秋风尚未凉。

初夏晚

幽幽初夏晚，
人静灯阑珊。
清影自怜处，
月明叶斑斓。

相逢图书馆

夏末秋初雨蒙蒙，
新屋旧友喜相逢。
天下最美是书香，
世上难得唯真情。

苦菜花

春生幼自香，
花开冠金黄。
叶做菜时苦，
化羽随风扬。

初夏清晨阡陌行

清晨六点钟，
不叫人自醒。
窗外槐花香，
旭日已泛红。

左手牵爱犬，
右手揽东风。
慌慌辞闹市，
急急出东城。

新桃初挂枝，
麦苗正青青。
窄窄田埂路，
快乐阡陌行。

旋复开口笑，
田旋何其萌。
要说自由花，
最是蒲公英。

生活烦恼多，
工作亦繁重。
且唱田园歌，
还我童年梦。

旭日

旭日穿林间，
金光飞银线。
绿锦谁织就？
头上哪朝蓝？

初夏

坡上草青青，
林中斑斑影。
布谷声声远，
悠悠天地情。

五四感怀

晨起看日出，
夜晚观月明。
不在山中住，
亦有仙野情。

庭前侍花草，
屋后掌青灯。
侠义他年事，
仗剑卷中行。

人间杀伐多，
岁月刀枪冷。
不求闻与达，
命运自随风。

相依

海棠树上蔷薇红，
藤蔓绕枝枝缠藤。
若是两情相悦时，
何必夏雨或春风。

夏塘

古池半睡莲半醒，
落花轻眠枕浮萍。
日出东墙柳影斜，
风过云开一鉴明。

五月

五月谁做主？
初夏何当家？
月季一旦开，
从此无他花。

白云若为女，
身须嫁蓝天。
我若做蓝天，
只想娶白云。

守静

池塘平如镜，
不生一丝风。
任尔车马喧，
我心自守静。

睡莲如处子，
不与污为朋。
青叶枕碧水，
荷尖向晴空。

晨醉

五月月季美，
人间仙子会。
谁有金玉盏，
陪我晨风醉。

倒影

水面浮青莲，
天光映明鉴。
一池一世界，
何实何虚幻？

大寨行

太行五月满山青，
乘风驭奔大寨行。
虎头山上觅旧迹，
狼窝掌前祭英灵。

愚公移山话岁月，
艰苦奋斗自更生。
沧桑巨变看今朝，
尤忆往昔换天情。

夏晨

闹市求清静，
浮城寻安闲。
清晨半亩塘，
有我一片天。

露珠挂青叶，
芙蓉出碧荷。
白茅映朝霞，
飞廉红几朵。

初夏夜

暖风轻拂初夏晚，
薄云暗涌星光淡。
绿叶喜与街灯舞，
白洁清幽共陶然。

雨后月季

夜雨浇花花更娇，
滴滴玉珠挂眉梢。
恰似美人悲时泣，
又如妃子破涕笑。

桑葚歌

青叶化蚕丝，
紫葚救君饥。
只因一言误，
留下满腹屈。

往事越千年，
帝贼皆成戏。
桑葚今又甜，
枝头黄鹂喜。

读书节有感

校园五月月季红，
图书馆内聚精英。
人人手中古今卷，
个个胸怀天下情。

露珠

露珠挂草尖，
生来命何短。
洁身自好志，
俗世犹可赞。

夏晨荷塘

细雨爱昨晚，
和风喜今晨。
岸边芒草绿，
水中荷叶新。

田旋花

粉面迎朝霞，
碧玉出小家。
今晨田旋美，
不让牵牛花。

荷塘

晨风拂柳柳色青，
朝霞映水水面红。
荷塘何时娶仙子，
荷花何日生莲蓬？

蛙鸣

池塘清凌凌，
水面笑盈盈。
凝眸看清荷，
侧耳听蛙鸣。

荷塘乐

夏晨日出早，
阳光洒塘坳。
碧荷更欢喜，
身姿多妖娆。

我走荷塘岸，
如行瑶池边。
虽无青云路，
心已半成仙。

爱晨塘

水中清叶绿，
岸边芒草长。
鱼儿喜池深，
青蛙爱夏凉。
我愿化晨风，
日日拂荷塘。

闲思

世间多悲喜，
人生常烦忧。
莫若池中水，
动静皆随风。

晨喜

古池尚睡荷醒早，
几只花雀枝头闹。
定是昨夜梦中喜，
今晨满树和欢笑。

津门抒怀

风云五十载，
岁月过半百。
再临海河岸，
对流抒旧怀。

心中数天命，
两鬓发日衰。
津门稚童事，
依稀入梦来。

阴阳隔两世，
小楼已不在。
微微初夏风，
皎皎月光白。

六一抒怀

树遮池中水，
草掩塘上岸。
手拂青青果，
心盼荷尖尖。
多情人易老，
至今思少年。

津门情

昨夜宿润园，
一觉到天明。
今晨寻佳句，
皆是童年梦。

清风柳影

荷映夏塘碧，
日照晨池红。
你若化清风，
我愿做柳影。

静思

临池水作渊，
面壁石成山。
心中有乾坤，
处处皆是仙。

朝霞

六月朝阳洒池塘，
水碧荷青身心爽。
万道霞光穿叶过，
千层涟漪泛红光。

荷尖

荷塘六月天，
碧空映水蓝。
莲叶藏不住，
谁家一囡囡？

光烈日益骄，
心浮气愈燥。
且守宁与静，
淡然自美好。

麦田

赤日炎炎翻热浪，
千里平原麦色黄。
谁知农人稼穑苦，
一滴汗水一粒粮。

望雄安

伫立高铁站，
举目望雄安。
草木葱葱绿，
天空淡淡蓝。

千年追一梦，
茫茫何其远。
胸中荡白云，
悠悠飘南山。

云南行

滇边日出晚，
南陲鸟语迟。
昨夜梦呓多，
今晨难为诗。

草木多奇异，
枝头无四季。
春城花虽好，
还思燕赵地。

滇池游

滇池五百里，
碧水流不断。
客面未曾识，
舟已过千山。

塘中知己

小荷尖尖比身高，
芒草丛丛及人腰。
水中婷婷红颜多，
岸上茫茫知己少。

思故乡

心中思故园，
只恨舟车慢。
若使生双翅，
早已渡关山。

雨后池塘碧，
水映天更蓝。
荷角增几只，
静静待我还。

人说天堂好，
个个皆羡仙。
今晨池畔走，
一刻值万年。

喜莲

主人脚何急，
亨利似有知。
摇尾搔首欢，
脸上满是喜。

昨夜梦几回，
荷仙驾云来。
快步池塘边，
却是莲初开。

爱莲

昨夜莲初开，
今晨增几朵。
腹饥不思归，
塘边餐秀色。

离乡

别时乌云罩古城，
路上骤雨击窗棂。
转瞬飞车出冀东，
不知家乡阴与晴？

喜归

朝东暮西行匆匆，
云聚云散且随风。
苍天似懂人心事，
去时飘雨归来晴。

清晨荷塘

今晨人起晚，
急急向池塘。
分别仅一日，
荷花恣意放。
阳光满面春，
微风送花香。
我看红花美，
蜜蜂痴蜜糖。

牵牛花

清晨田间游，
偶然遇牵牛。
红紫双色开，
笑脸略含羞。
一看惹人爱，
再看皆忘忧。

池塘思仙

静坐池塘边，
微风拂水面。
荷叶轻轻语，
莲花悄悄言。

一看解尘缘，
再顾离凡间。
久坐不思归，
心中已升仙。

端午思

家家挂艾草，
户户飘粽香。
梦中忆屈子，
今日又端阳。

没有连天碧，
更无十里塘。
楚楚数点红，
静静闹市藏。

人世乱纷纷，
粉墨各登场。
我心在池中，
你在水中央。

花与叶

池塘抱水水拥塘，
荷香随风风飘香。
红花须得绿叶配，
人美只为识者赏。

怜花

心欲吟诗口无辞，
忍看猪手折仙枝。
不染污泥逢命短，
更怜书生老无力。

有心斩贼护瑶池，
无奈风尘折剑戟。
朝看红霞晚赏月，
梦里驾牛常向西。

夏至思乡

田间麦归仓，
地头日最长。
早起寻树荫，
夜半盼风凉。

清清小河水，
涓涓梦中淌。
涤我脸上尘，
抚我心里创。

晨塘喜雨

风起云涌细雨来，
陈塘旧水乐开怀。
红花忙对碧叶语，
我描粉妆你画黛。

送毕业生

一季夏粮一岁秋，
数载汗水一朝收。
高台紫冠拨金穗，
草舍淡淡一杯酒。

荷塘春光

心中念荷仙，
夏晨难为眠。
荷塘尚未醒，
我已站池边。

欲问仙子早，
仙子对我笑。
何不入水中？
共享晨光好。

蜀葵花赞

不羡牡丹贵，
不求兰花达。
街边墙角开，
处处是我家。

风来身自摇，
雨过容更娇，
生死天地事，
从来皆欢笑。

路上车匆匆，
市井人嚷嚷。
丹心向日月，
美为伊人赏。

向日葵花赞

杂草藤蔓遍地生，
力乏饥渴脚欲停。
忽现一株向阳花，
天真烂漫笑盈盈。

人生路途不易行，
艰难困苦少从容。
应学葵花阳光心，
只对红日诉真情。

雨后花容

今晨花瓣泪珠落，
却是昨夜雨来过。
娇容犹怨相逢少，
不知何日再相约？

秦皇岛行

独立山海间，
天上月又圆。
幽里寻禅意，
静中思安闲。

别离

远方无景空放眼，
心中少情强作诗。
每每离别故乡日，
总是阴雨绵绵时。

山海情

千里渤海云，

万年太行风。

一朝偶相遇，

竟是别样情。

北戴河之夜

明月升海空，

海岸人声静。

层层浪花起，

阵阵波涛涌。

秦初说始皇，

汉末论曹公。

茫茫千里洋，

淘尽功与名。

师生相逢

分别二五载，
师生再相逢。
岁月催人老，
音容尚年轻。

聚散皆是缘，
生死亦是命。
没有昔日别，
哪得今日逢。

朝迎渤海日，
晚沐燕山风。
此时别秦岛，
淡淡黛河情。

思古城

车渐近老城，
心跳砰砰砰。
分别仅数日，
夜夜都入梦。

马家老鸡铺，
白家牛罩饼，
一锅鸿章菜，
满腔驴火情。

西山无云雨，
东湖有微风。
半亩方塘中，
荷花依旧红。

幽静

林深石径弯，

草疏天光浅。

幽里知世界，

静中得安然。

再访晨塘

夜里几回梦芙蓉，
清晨脚步急匆匆。
池塘水浅荷叶高，
几朵新花向日红。

寻玉

紫菊掩草丛，
玉埋乱石中。
谁有杨柳枝，
借我玉净瓶。

蜀葵花美

今晨风清凉，
仲夏好时光。
美丽蜀葵花，
殷勤为谁放？

英英草

坡上草青青，
一对小英英。
今夏初相识，
却是去年情。

天人菊

身在草丛中，
娇小人不识。
平生我自赏，
任尔风东西。

一朵染五色，
红黄粉紫绿。
若然见此花，
必是天人菊。

山东行

去虽三五日，
相别似经年。
错将他乡河，
当作故乡川。

窗外绿绵延，
碧波连天边。
知是齐国地，
却道燕国田。

闲来欲开卷，
无奈困不堪。
对字说拜拜，
向书道午安。

念荷塘

碧叶新出老叶黄，
红花凋谢莲蓬长。
繁华过后赏者稀，
我心依旧恋池塘。

荷塘泥赞

人赞池中荷高洁，
皆把淤泥论是非。
若无深深护花意，
哪得年年芙蓉美？

蜀葵喜雨

昨夜三更雨殷勤，
蜀葵出浴珠满身。
酷暑炎天鲜花少，
更忆往昔贵妃魂。

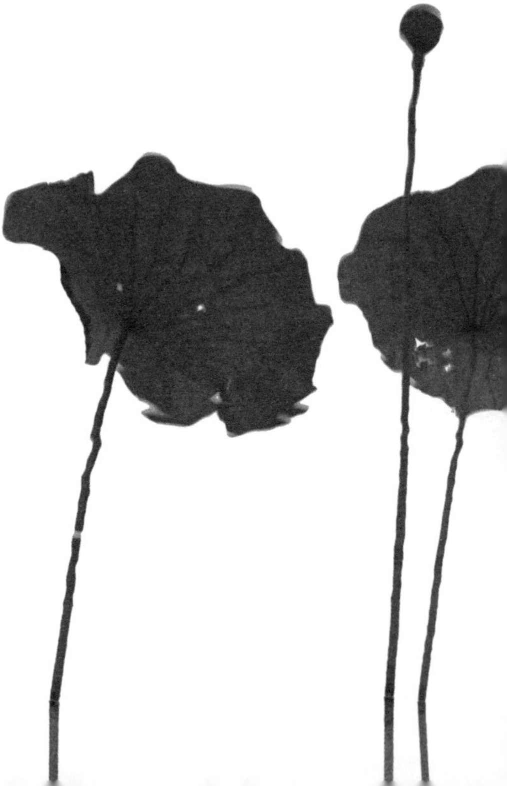

荷花赞

雨过池水满，
日出花更艳。
一只羞山河，
几朵沉鱼雁。

静坐荷塘岸，
闲等风拂面。
虽闻车马噪，
心入止水间。

乘凉

花红叶绿莲蓬香，
水幽草浓柳丝长。
肥蛙何须怨暑热，
一片清凉在荷塘。

雨趣

街头人影少，
树梢鸟鸣稀。
雨中享世界，
伞下听禅意。

张家口赤城行

闷热笼冀中，
塞外吹凉风。
山中无酷暑，
乡野觅闲情。

天下何处好？
人生哪里幸？
愚人犹自问，
如坠迷雾中。

椴木沟村慰问扶贫人员有感

七月赤城龙关行，
山高路远塞外风。
我慰朋辈扶贫苦，
朋辈为民脱贫穷。

屋矮墙低山村景，
一日两餐闲散耕。
千年愚顽今似开，
唯愿人穷心不穷。

雨后池塘

翠鸟枝头鸣绿柳，
新蝉树梢比歌喉。
荷塘夏日晨光好，
一场夜雨花更秀。

蝉鸣

暑深蝉声急，
早晚拼命啼。
一生一首歌，
缘何执此意？

荷花恋

昨夜梦呓多，
几回化青鸟。
今晨来探看，
却是花更高。

雨后田旋花

昨夜乘凉好做梦，
今晨伞下听雨声。
路边俯身问小草，
田旋花儿尚未醒。

雨后荷花

天入暑伏雨连绵，
沟渠增水池塘满。
谁人欢喜谁人笑，
今晨又见荷花仙。

远望雄安

又临高铁站，
再眺大雄安。
日出气焰烈，
草木掩人烟。

夏夜小酌

好友四五人，
清酒两三盏。
盘中论雅俗，
杯中谈人仙。

再访池塘

红日半出花半藏，
碧叶作霓云作裳。
今晨美景何羞涩？
原是访客到池塘。

暑期

日暮池畔闻蛙鸣，
向晚树下听蝉唱。
日出对天说暑热，
晨起与风话清凉。

暑中紫薇

三伏酷暑步难行，
心怨旭日早东升。
体乏力虚欲转身，
忽见几株紫薇红。

禅意

夏蝉青春短，
枝头拼命唱。
一生一首歌，
为爱嘶断肠。

暑中读书歌

一年又一夏，
一夏复三伏。
人皆游山海，
我自守书屋。

左手执羽扇，
右手持黄卷。
羽扇摇风雨，
黄卷识人间。

芒草歌

云压垂柳低，
水举碧叶高。
一片护花情，
池塘岸边草。

风来我自摆，
雨过轻轻摇。
生不求人赏，
只随天地老。

晨睡

宿雨洗旧叶，
晨风吹新花。
无事睁眼晚，
闲来清梦多。

格桑花恋

暑深人起晚，
日已上三杆。
唯恐街人笑，
怯怯溜路边。

去年格桑花，
曾经开满园。
今晨剩几朵，
楚楚犹可怜。

洁身沐朝阳，
丹心映苍穹。
不解园丁意，
为何煞风情。

怀乡草

灰灰菜日多，
英英草益长。
轻轻拂绿叶，
淡淡思故乡。

紫茉莉

昨晚夜半时，
窗外凉风起。
今晨红日升，
墙角紫茉莉。

大暑

小丘石径草木荒，
大暑仲伏蝉声长。
晨风拂过木槿花，
笑容满面迎朝阳。

夏凉

痴蝉鸣夏晚，
清风摇柳影。
我心似河汉，
静待明月升。

盛夏

晨风无力云烟轻，
旭日东墙半羞红。
虫嘶蝉鸣听暑深，
果青叶密说夏浓。

求雨

日出如火天似锅，
处处炙烤皆暑热。
谁能呼得及时雨，
洗罢人间洗山河。

藕思

暑至三伏夏过半，
红生褪意碧生倦。
塘中芳华知有时，
早把情思藏泥间。

午睡

夜短白昼长，
闲来午睡香。
世上本无事，
青蝉嘶何忙？

大暑荷塘

潮湿闷热暑气盛，
口干舌燥步难行。
心中依旧念荷塘，
期盼凉雨与清风。

荷花不怕骄阳烈，
芒草更喜朝雾浓。
惶惶杞忧应笑我，
不知天地各有情。

小草歌

小草穗穗长，
静静站路旁。
晚看红日落，
晨听虫儿唱。

几簇似姐妹，
一对如鸳鸯。
珍重今世情，
共度好时光。

夏噪

蚂蚱蹦来知了叫，
水浅泥鳅学龙跳。
忍看小儿行顽皮，
怎奈吾辈竹杖老。

昔日子牙渭水钓，
周公握发吐哺劳。
千年罄竹书一纣，
万卷野史笑妲妖。

盼雨

清晨池塘静，
柳梢旭日红。
芒草生华发，
依旧恋芙蓉。

酷暑笼冀中，
热浪袭古城。
风婆今何在？
翘首盼雷公。

乘凉记忆

板凳蒲扇旱烟枪，
街心铁钟老井旁。
谈古论今听笑话，
直到夜半呵欠长。

猫心

晨起不见太阳公，
树梢草尖起微风。
天下我自乐逍遥，
任尔人间热与冷。

夜半雷清晨雨

夜半闻雷鸣，
心中喜盈盈。
邀来千里云，
风雨同入梦。

百灵催人醒，
户外勘阴晴。
田旋披玉露，
草叶任多情。

雨后夏晨

时节不负人，
苍天不负心。
昨夜立秋雨，
难别盛夏晨。

莲花依旧开，
芒草岂肯衰。
夏日本多情，
秋风何须来。

听雨

独坐窗前静听雨，
掩卷观心问思绪。
淅淅沥沥君莫停，
轻声淡愁正相宜。

夏趣

暑末连阴雨，
秋初漫天雾。
草木何欢喜？
掩我散步路。

爱犬不关情，
跳跃花丛中。
吓坏田旋子，
惊扰虫儿梦。

第三章

秋之曲

望月

倚窗望明月，
月光清如水。
洒下化甘露，
润尔相思心。

芒草

池畔寒露早，
露珠挂芒草。
草花拂人面，
清凉沁人心。

秋夜虫鸣

相思月已去，
寻常日又升。
谁饮草尖露？
静静听秋虫。

秋凉

冷秋沥寒雨，
瘦身裹单衣。
谁有壶中烧？
暖我凄凉意。

寒露

秋雨洗秋叶，
旧面换新颜。
心有彤彤日，
何惧寒露寒。

秋雨

隔窗听秋雨，
雨声阵阵急。
莫是怨露早，
还是嫌霜迟？

秋晨

人尚在梦乡，
闹铃催起床。
好恋被窝暖，
又恐狗凄凉。

秋雨不负心，
彻夜诉衷肠。
撒落一地叶，
对风舞秋狂。

鞋湿伞徒张，
雨中自徜徉。
欲做林中客，
怎奈上班忙。

霜中格桑花

秋深天寒霜来急，
叶落草黄风凄凄。
忽见数只格桑花，
冰清玉洁迎晨曦。

野菊花美

暮秋寒来急，
落叶悲戚戚。
野菊傲霜开，
善解秋风意。

重阳节感怀

人说重阳天说老，
青春未必在年少。
南山修竹北山菊，
一身高洁一心傲。

心像风景

寒霜对冷月，
落叶看花红。
皆为深秋物，
心像各不同。

初秋荷塘

五更身凉忙闭窗，
知是秋风初到访。
心忧荷塘无秋装，
哪料花红莲更香。

枣青青

早晨园中行，
忽见愣头青。
年少不求型，
但向中秋红。

虫鸣

散步过草丛，
处处闻虫鸣。
拨草寻虫影，
鸣声戛然停。

草丛即我家，
鸣叫是营生。
日夜拼命嘶，
只为报秋风。

石榴红

门前石榴秋红早，
风吹新娘盖头掉。
满面娇羞遮不住，
一片深情对君笑。

过和府有感

昔日骄横多淫奢，
高居庙堂富敌国。
亭台水榭无限美，
三尺白绫让人嗟。

玉簪花

夜半雷声急，
入眠复又起。
闻风唱秋歌，
听雨作夏诗。

昨夜秋霖晚，
三更人未眠。
今晨旭日红，
尤喜白玉簪。

田旋花与牵牛花

田旋与牵牛，
宛若小姊妹。
阿姊初长成，
小妹待闺中。

黎明即梳妆，
天亮好打扮。
待到旭日升，
姐妹各花红。

青纱帐

八月初秋雨连绵，
茫茫云雾绕西山。
又是一年青纱帐，
田中玉米过人肩。

秋晨歌

阴云悄然去，
天空乍现晴。
几滴昨夜露，
枝头沐秋风。

风凉夜渐长，
人痴梦更香。
不闻百灵鸟，
窗外把歌唱。

末伏歌

人说末伏天，
烙饼卷鸡蛋。
大饼谁来烙，
鸡蛋哪个摊？

深夜半掩卷，
举目望河汉。
星光有似无，
人间许何愿？

初秋柳丝

池中碧影岸边柳，
一摇一摆迎初秋。
天若有情天莫老，
且让青丝挂春愁。

蓝朝颜

池深水浅荷花残，
风凉波皱叹长天。
转身低目人欲去，
喜见丛中蓝朝颜。

秋风问

晨起旭日升，
东方依旧红。
天上闲云飘，
何故起秋风？

初秋晓露

水中残荷岸边芒，
几叶枯来几花黄。
拨开柳丝探秋色，
几滴晓露湿衣裳。

雨后格桑花

昨夜秋雨过池塘，
今晨风儿送清凉。
荷花八月不争红，
暑后秀丽看格桑。

过土丘

向晚过土岗，
丘上草木荒。
石径人迹稀，
秋虫鸣斜阳。

草木喜雨降，
秋虫盼草长。
我独爱石径，
日暮听蝉唱。

世间多少事，
心中几许想。
草深拂我面，
我推草一旁。

秋荷

夏去秋来池水凉，
天高云淡风清爽。
莲花生出莲蓬子，
更把莲藕泥中藏。

秋愿

校园秋阳无限美，
凝望蓝天心欲醉。
愿将吾身化白云，
散散淡淡自由飞。

送女有感

有女初长成，
求学扶桑行。
望断东海水，
难尽父母情。

苦旅是人生，
成败由天命。
此去多努力，
只求人安平。

秋虫

我乃小生命，
委身草丛中。
自知秋风起，
日夜叫不停。

天生青春短，
命中难得显。
墙角结草堂，
路边偶成欢。

世间多良善，
营生各辛艰。
同为草根客，
风雨共患难。

送亲朋

昨日送至亲，
今晚辞好朋。
虽是两样别，
同是一种情。

南天秋月升，
月旁一颗星。
不知月光亮，
还是星星明。

秋草

叶小茎细性命轻，
栉风沐雨向阳生。
夏染山河满目翠，
秋撒乡野遍地英。

秋蝉

地下忍有年，
一夜变金蝉。
若无苦心志，
岂能鸣蓝天。

今晨秋风凉，
自知日不长。
且作最后歌，
化羽待秋霜。

秋梦

暑过风渐凉，
夜寝闭南窗。
纱幔遮不住，
月光入梦乡。

归心

火车向西云向东，
山川遍洒夕阳红。
辞别燕山奔太行，
盼望门前数星星。

秦皇岛有感

燕山月光明，
渤海日出早。
梦醒闻鹊歌，
方知秦皇岛。

沙滩游客多，
路上知己少。
墙角天人菊，
迎着秋风笑。

秋行

草密蒺长石径封，
蚊叮虫咬无路行。
敢进小丘走新迹，
枝头叶尖觅旧影。

贺日语 88 届返校聚会

三十年前青春梦，
今日重逢泪眼朦。
人生无论成与败，
回首依旧同窗情。

秋忙

昨日东海论学问，
今朝石门贺新婚。
东奔西走碌碌忙，
难做林中散淡人。

秋月

薄薄天上云，
密密坡前草。
窗外一轮月，
不知何人邀？

再访格桑花

暑去莲花谢，
秋来格桑红。
一季一世界，
一日一心情。

秋雨漫步

暗云层层天如幕，
紫薇红红美如初。
晴时好看朝霞早，
细雨伞下宜漫步。

秋天

瑶池美酒三百杯，
今晨狂饮与天醉。
头枕千里清凉风，
怀抱万朵白云睡。

兰花草

谁家兰花草，
悄悄路边开。
美丽不示人，
暗香自飘来。

秋塘晓月

清清晨塘水，
习习秋岸风。
柳梢晓月落，
芒尖红日升。

秋雾

秋晨雾初降，
双眼望迷茫。
烟云遮不住，
红心向丹阳。

秋晨雨后

秋雨沾夏裳，
晨风吹新凉。
枝头蝉声少，
草根虫犹唱。

秋晨随想

昨日阴霾今日晴，
前朝云雨后朝风。
天地万物多变幻，
哪堪世间人与情？

朝思

秋来诸事多，
件件烦心窝。
晓问朝颜早，
腹内求中和。

晨过土台

今晨过土台，
台上遍地槐。
枝叶阻人路，
不愿白露来。

秋云

我望天上鱼鳞云，
千片万片金鲤身。
谁予一双大鹏翅，
敢把九霄做龙门。

秋凉花开

明日白露来，
今晨临榭台。
不知秋凉后，
哪朵花更开。

白露

清晨风更凉，
路边草渐黄。
夏日花皆谢，
唯有牵牛放。

教师节前夜

凉风吹进窗，
悄悄对我讲。
明日教师节，
须早入梦乡。

东湖初秋

风拂云鬓露沾裳，
蒹葭苍苍水茫茫。
斗转星移又一秋，
人面依稀小径荒。

教师乐

夜长天更凉，
晨起须加裳。
秋眼量风物，
牵牛与格桑。

不羡高庙堂，
莫求拜将相。
三尺讲台短，
一世良善长。

尚美

昨日晴来今日阴，
一颦一笑是天真。
花好难有百日开，
世间美好在人心。

秋寒

今夜秋雨洒窗南，
默默无声送秋寒。
天宫可曾织锦衣，
不知谁与嫦娥穿。

秋池

草丛虫鸣疏，
水面蛙声静。
荷仙已归去，
只留片片黄。

晨行

梦多夜亦长，
醒来天已亮。
东方旭日红，
朝霞伴我行。

人生多苦难，
步步皆为艰。
心中存天道，
崎路若等闲。

恋秋

似雾还像霾，
倾向秋色来。
丘上寻蹊径，
草丛遇花开。

芒思

北国秋已凉，
东湖可添裳。
谁托昨夜思，
今晨几株芒。

湖畔佳人

晚湖秋色美，
岸边伫立谁？
飞雁落湖面，
游鱼沉入水。

荷塘秋晨

夜长天短日出晚，
草黄叶卷虫声寒。
荷塘小径人迹稀，
秋水云影共流连。

菊花台

今晨过花台，
万朵菊花开。
花型少错落，
花色皆一彩。

年少爱菊花，
亦曾尊花神。
今朝任人摆，
已然落凡尘。

秋夜

街灯照树影，
细雨淋微风。
夜空隐星斗，
草丛醉秋虫。

秋意

凉风透薄衫，
铅云染北天。
英草知秋意，
雨来更缠绵。

秋遇

宿雨初歇池塘静，
晨风又吹芒草动。
路遇莫问早和晚，
花开无论阴与晴。

秋思

石径草衰露水凉，
篱笆叶卷藤蔓黄。
自古多情易伤秋，
声声秋虫更思量。

秋雾紫薇

大雾迷前路，
逡巡欲驻足。
忽见紫薇笑，
红颜挂玉珠。

秋忧

今晨访小丘，
秋虫发寒声。
心忧寒霜至，
更怕来园丁。

祝如意馆长 2018 中秋快乐*

戊戌河大行，
与君心相逢。
仲秋望明月，
百念在心中。

明月本无价，
有情价无轻。
馆长待吾厚，
书卷典真情。

艺术独归处，
绚丽养人生。
苦短是百年，
转轮读书声。

* 刘增山先生写于 2018 年中秋。

和刘增山先生诗

仲春遇先生，
难得三生幸。
亲耳聆教诲，
更谢赠书情。

声朗似洪钟，
健步如风行。
尤羡赤子心，
真诚暖书童。

生已知天命，
岁月亦葱茏。
世上有前辈，
身旁总春风。

秋分

红霞穿秋林，
草坪洒赤金。
牵牛攀枝头，
格桑笑秋分。

中秋

红日乍出柳林早，
金风吹得格桑笑。
莫道仲秋只得果，
须知月圆花更好。

月思

今晨寻月影，

月影已无踪。

洒下一片美，

令人思寒宫。

龙城暮色

九月走龙城，

暮起古原风。

楼高秋云低，

归人行色匆。

蒿香

旭日出蒿丛，

蒿尖红彤彤。

异香扑鼻来，

却是别样情。

晓月

秋晨逢晓月，

淡雅而温柔。

静静看世界，

悄悄别风流。

阡陌行

阡陌小径长，
秋林迎晨光。
谁家鹊鸣早？
日月拜花堂。

仲秋牵牛花

秋向晚去晨将冷，
月挂晓天日初红。
牵牛最是解人意，
独笑寒露伴我行。

秋晨晓月

天高云淡秋正好，
欲寻清幽人起早。
松间几声丽鸟鸣，
莫把晓月当残照。

晓月思

自古晓月易伤情，
总把残光比余生。
若是心存善与美，
何必圆缺又阴晴。

兰花草颂

枝头叶初落，
坡上黄又多。
小小兰花草，
独对秋风歌。

秋野

月隐云深处，
日出霞红光。
昨夜梦秋湖，
今晨临水旁。

举目望山河，
已是满目黄。
秋深量风物，
更喜芦穗长。

观紫茉莉

秋深风吹寒，
早晚觉衣单。
又见紫茉莉，
让人思春暖。

菊芋花

萧瑟遮不住，
秋风潜入窗。
谁向寒露开，
菊芋花正黄。

秋读

秋叶挂枝头，
秋色染红墙。
秋日好读书，
秋光胜春光。

荷叶凌寒

月隐星藏寒露晨，
池清水碧芦花新。
荷仙悠然乘风去，
留下羽衣慰凡心。

寒露格桑

晨风不温柔，
欺我布衣单。
格桑沐寒露，
送君深秋暖。

茉莉红

晨冷似初冬，
秋野寒气生。
草木风中抖，
茉莉依然红。

夜读

陋室黄卷映青灯，
小园红墙披倩影。
时而秋风时而雨，
穷理尽性至天命。

秋藏

冷风吹石径，
寒露湿草坪。
秋虫寻无迹，
洞中待春明。

念秋

露寒棉被暖，
晨起愈加难。
心念一抹红，
不负半天蓝。

观秋

低头一片枯，
抬头几叶黄。
坡前寻夏影，
小径觅春光。

秋深

天阴风冷野苍茫，
秋深晨早露水凉。
小径通幽蜿蜒行，
又见茱红菊芋黄。

秋花

雾霾茫茫笼古城，
秋愈向深天更冷。
谁花凌寒独自开，
何必格桑与秋英。

深秋夜雨

细雨无声丝丝寒，
斜穿灯光织秋晚。
谁人风中漫步行，
宁将浮云做天伞。

重阳观叶

春赏繁花秋观叶，
花叶均为人间客。
一年一季宿枝头，
霜前雨后各自落。

秋叶

秋叶落无语，
轻轻触额头。
旋即随风去，
似说离别愁。

秋芒

芒草染秋霜，
一身赤金妆。
头发皆银白，
依旧伴池塘。

秋暖

昨日满塘碧，
今朝半池黄。
不知天公意，
奈何秋水凉。

树披黄金甲，
云着霓虹裳。
忘却昨夜梦，
暖心向朝阳。

秋塘拂晓

深秋黎明访池塘，
风平波静尚梦乡。
不忍惊动荷叶老，
只看芦花画早妆。

格桑红

天暗秋云低，
夜长梦不已。
格桑花更红，
独放寒露里。

寒露月季

秋深夜长人醒晚，
露寒风冷觉衣单。
谁家屋后月季红，
竟将荒园做春天。

曹妃甸行

深秋向唐山，
寻梦曹妃甸。
岸边灯火稀，
海上风更寒。

明月挂南天，
玉霜染荒滩。
耳畔潮汐声，
使人难入眠。

曹妃甸晨

月缺月又圆，
霜降唐海岸。
不见曹妃影，
但闻海风咸。

他乡虽一日，
心若似经年。
不知庭前树，
叶落又几片。

秋月晨塘

乡月召唤秋风催，
千里东海一日回。
柳梢碧叶红霞暖，
晨塘旭日芦花美。

霜夜

叶落枝兀霜满天，
风稀云疏石径寒。
月下独立不归人，
自舞清影在人间。

秋水芦花

启明星隐晨曦微，
百灵鸟唱夜莺寐。
池塘岸边人影少，
我与芦花共秋水。

野菊花赞

瓣小蕊细颜色黄，
路边墙角开平常。
只因不惧秋风冷，
百花过后独称凰。

野菊花颂

秋风落叶日萧杀。
哪堪霜晨月西挂。
心中徒然匆匆走，
忽见一片野菊花。

菊花黄

东披霞光西月望，
秋风不吹云自翔。
草荒叶落有时节，
路边野菊花正黄。

霞月

东边朝霞西边月，
同是今晨天涯客。
你露娇羞我生红，
更喜相逢有霜叶。

芦花美

冷风吹面晨霜寒，
朝霞迟出旭日懒。
却是芦花情谊厚，
红装素裹暖心间。

霜月

树梢叶离去，
枝头花色残。
唯有晓天月，
独自笑霜寒。

悼金庸

今日大侠去，
哀声动万城。
人在江湖走，
怎不思金庸？

霜月蜀葵

霜冷晓月弯，
处处落叶残。
谁家蜀葵花？
向冬竞红天。

野菊傲霜

平生不惧冷，
本性傲霜寒。
今养温室中，
只为讨人欢。

还是野菊花，
独开墙角边。
美丽自天生，
贵不靠屋檐。

晨趣

霜寒晓月弯，
曦微晨光暗。
昨晚风过处，
落叶正酣眠。

暮秋夜雨

晚秋夜来雨，
滴滴沥初寒。
晨醒遍地叶，
知是风未眠。

东湖芦花

草枯叶黄老城外，
月隐天暗笼雾霾。
尤念昔日东湖秋，
两岸遍地芦花白。

霜花

秋雨过后天更寒，
霜风吹落叶片片。
更有花儿存傲骨，
一抹赤红竞姣妍。

第四章

冬之梦

盼雪

云自随风去，
月独映空明。
大雪邀无期，
时已近冬至。

霾叹

霾着银装雾素裹，
树梢枝头灰作雪。
只叹今日出门难，
最忆童年隆冬乐。

老树

逢暖随风长，
遇寒伴风落。
只留傲骨在，
赳赳向冬歌。

石径斜

送别西天月，
东边霞如约。
大雪邀无期，
一人石径斜。

雪中思

二月飘飞雪，
我在雪中坐。
人皆赞美景，
君独思三月。

还乡

朝辞黔地暮向燕，
晨沐和风夜裹寒。
可怜细雪莫化冰，
待我千里一日还。

向月

昨夜风似狂，
吹走满地霜。
一心向明月，
此处是我乡。

晨塘

嫦娥舒袖舞清风，
吴刚奉酒邀寒宫。
枝头楚楚谁家月？
脚下浅浅半池红。

日月同辉

东看朝霞西望月，
赤红洁白两相悦。
不知天地谁造就，
不知为何此时约。

夕阳红

年少多无心，
青春徒葱茏。
留得夕阳美，
只当朝霞红。

新月思

正月看新月，
新月像小船。
小船过河汉，
河汉渡婵娟。
婵娟向高楼，
高楼谁不眠？

立冬

立冬时节喜黎明，
叶落幽暗悄无声。
昨夜梦长酣眠好，
今晨早起送寒星。

落叶情

落叶舞冬风，
纷纷启归程。
不是恋尘埃，
只为报根情。

初冬冀中平原行

高铁急旋初冬风，
几树叶黄几丛红。
谁言北国从此寒，
满目麦苗如春生。

游西胜沟

云闲冬阳暖，
谷幽鸟声远。
山风微拂处，
落叶静静眠。

峰转石径弯，
溪出两韧间，
抬头有洞府，
恍若入桃源。

黎明秋林

风停秋林静，
叶落布繁星。
初冬觅景色，
最美在黎明。

恋秋

雾裹树梢枝成烟，
霜盖草坪露生寒。
满眼斑斓黄金叶，
冬晨依旧爱秋衫。

雾霾遐思

雾深霾浓路难行，
夜长梦多人不醒。
天若赐我冬眠府，
敢在洞中过一生。

高楼观景

独在窗前坐，
举目观夜景。
心中无阴霾，
眼前皆华灯。

初冬池塘

晓风杨柳岸，
冬云旧塘边。
凝目望秋水，
曾经碧连天。

启明星

昨夜阴霾今日晴，
晨起又见启明星。
独自闪烁挂东天，
喜迎朝霞笑寒风。

石门行

天光渐暗冬云徊，
阵阵寒意扑面来。
向使车内无限暖，
无奈心情在窗外。

冬柳

晓风寒霜岸柳黄，
片片愁叶落瘦塘。
枝条当空理云鬓，
留得侠骨抱柔肠。

独醉

只灯孤影独行客，
举杯欲饮对谁酌？
且把心事付苍天，
随风飘散伴雨落。

闲月

山中天更短，
城里人皆忙。
我独看闲月，
小径自徜徉

石门思乡

石门晨风凉，
银杏叶更黄。
不知古城柳，
昨夜几层霜？

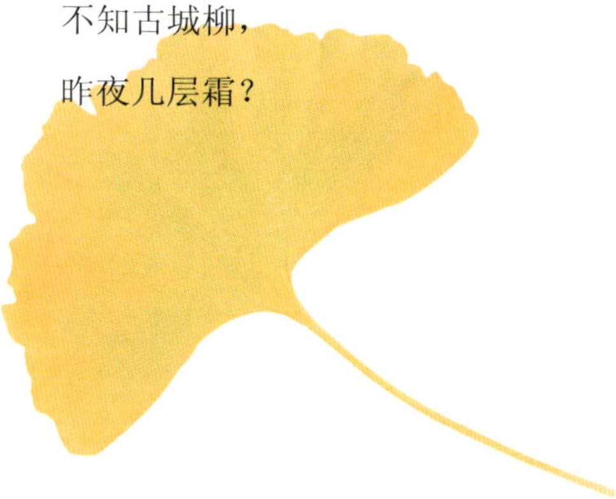

初冬晨塘

今晨披星起，
昨夜戴月归。
急急访晨塘，
悄悄问秋水。

秋水尚未醒，
晨塘依旧睡。
唯有岸边柳，
素颜迎朝辉。

冬枝

风寒晨星寥，
天暗行者稀。
万叶离去后，
方解冬枝意。

冬花

启明星寒冬晨凉，
枝头残叶瑟瑟响。
不惧北风无尽吹，
只叹此花情谊长。

小雪

枯藤缠旧枝，
红霞映新天。
时光催人老，
万事皆随缘。

花随春雨谢，
叶更伤秋风。
直待小雪飘，
怡情更此景。

岭南行

北国小雪岭南春，
一觉醒来落白云。
叶碧花红珠江暖，
满耳粤语客家音。

江湖行

久不行江湖，
体硕宝刀老。
旧友似不识，
对面尴尬笑。

初出牛犊多，
亦有少年豪。
忆昔壮士勇，
挥剑斩蛮腰。

南国月

月挂南国天，
别时偏向圆。
光明照窗外，
屋内人不眠。

冬月思

昨夜月挂南天明，
今晨欲寻已无踪。
月圆月缺总有期，
心中暗自思古城。

看望老师

岁月蹉跎光阴急，
皱纹又增发疏稀。
不忘当年授业恩，
千里端州看老师。

思乡

人说岭南风光好，
风暖雨柔无四季。
抬头漫山妃子笑，
回眸一片菠萝蜜。

日日如春仍思冬，
顿顿海味更是客。
粤语声中觅乡音，
明月枝头寻故国。

冬暖

残月照荒丘，
草冷枯枝寒。
忽闻驴火香，
心中阵阵暖。

驱霾

雾霾烟万重，
白日游魄影。
谁有铁扇缘，
借我八百风。

迷茫歌

一阵旋风卷过来，
几朵云彩飘过去。
不知你是跟风走，
还是化雨落大地？

冬晨

风过雾霾清，
云去晓月明。
谁家人起早，
几户亮窗灯。

冬夜图书馆

夜遇图书馆，
千遍看不厌。
一顾倾人国，
再顾不羡仙。

寒士书中乐，
卷里有婵娟。
若使工部在，
亦会露欢颜。

冬晨星月

太白眨眼婵娟笑，
星月当空竞妖娆。
欣迎西风不畏寒，
急步冬晨人行早。

日暮

日暮天色晚，
村头生紫烟。
静静白杨林，
相守小河畔。

冬忆

夜长梦多人醒晚，
天寒地冻起床难。
三更灯火五更鸡，
悬梁刺股忆当年。

冬雨

小雪节时雨，
初冬门前霜。
每每思故里，
总是入愁肠。

冬情

天黑盼月亮，
路暗寻星星。
眼前万盏灯，
却是不关情。

冬遇

冬晨万物静
日出亦等闲。
晓月与太白，
相守在南天。

一生几期许，
来日何所盼。
果然好时光，
偶遇似经年。

冬日沧州

冬日访狮城，
风吹雾霾净。
枣林沐阳光，
渤海映晴空。

往昔不毛地，
几多真英雄。
今朝众学子，
不尽诗词情。

冬梦

冬深日更短，
晨寒人易懒。
长夜好做梦，
梦中思桃源。

大雪时节记

面当寒风手足冷，
疾步埋首默默行。
大雪时节雪不来，
暗路相随启明星。

启明星赞

天冷风寒晨未醒，
冬眠幽长贪清梦。
应赞美丽启明星，
一心一意守蟾宫。

冬闲

夜长白更短，
日复一日寒。
白鸽享冬月，
体态何安然。

冬懒

长夜人未觉，
冬晨梦不醒。
逡巡出户外，
旭日已东升。

冬日新月

又见一弯新月明，
独挂楼头美如初。
任尔寒冬西风烈，
我自清高照江湖。

又见启明星

天寒地冻手脚冷，
夜黑路暗无风景。
心中茫然疾步走，
抬头又见启明星。

灯与星

天上一颗星，
人间万盏灯。
灯照行人路，
星诉路人情。

冬晨漫步

天空尚未明，
漫步寒风中。
抬头望街灯，
灯下看风景。

辞故燕

雾裹树梢枝成烟，
霜盖麦野绿生寒。
满目苍茫北国冬，
依依不舍辞故燕。

回家

清风伴我来，
明月照人归。
千里看海路，
轻车一日回。

冬日好

冬日风和谐，
门前天晴好。
晨见东方红，
夜逢月光照。

赠英民先生

秦皇岛外海风冷，
北戴河内夕阳红。
挥毫泼墨书山水，
纵横中外古今情。

冬晨行

时将冬至大地寒，
脸当朔风前路难。
隆冬黎暗独行走，
心暖处处是春天。

冬日五更

五更人不寐，
窗外灯阑珊。
清风当空舞，
晓霜对星寒。

冬至

冬至夜最长，
梦醒天不亮。
徜徉幽静中，
星月我自享。

冬晨早

夜正酣眠天仍睡，
晨光不醒冬宿醉。
不知谁家灯火明？
总有百灵早起飞。

乡恋

车愈往北天愈寒，
人愈向家心愈暖。
老屋旧院虽残破，
归来依旧是少年。

冬晨路

寒风吹枯枝，
冷月映空明。
静静冬晨路，
一人默默行。

平安夜抒怀

寒风吹池水结冰，
冬月照人心宁静。
平安夜里思平安，
铃儿叮当鹿蹄轻。

走冬晨

月下风起舞，
枝头寒作歌。
默默走黎暗，
仿佛天涯客。

采雪花

雪在空中舞，
漫天飞梨花。
轻轻采一瓣，
旋即作水化。

月伴

数九隆冬寒，
晨起莫畏难。
西天皎皎月，
不辞殷勤伴。

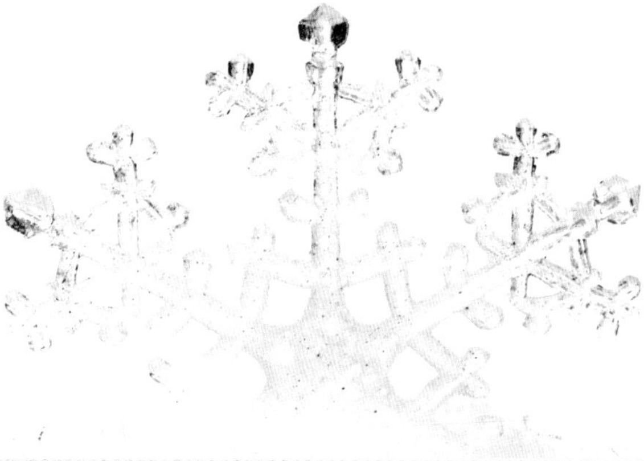

冬晨星月

冷风似刀寒如铁，
东边晨星西天月。
若是心中有美景，
何必春花与冬雪。

元旦东湖行

久未访东湖，梦里无限念。
今日得宽余，心中谢元旦。

胯下青龙驹，犬做先锋官。
寒风挡不住，铁骑勇向前。

旭日初东升，冷冰覆湖面。
岸边苇叶枯，犹有傲骨坚。

人停战马歇，对湖空嗟叹。
风雪飘摇过，此去又一年。

2018 年总结

走过春夏与秋冬，
半路崎岖半路平。
回首往事烟云多，
只留清晨一抹红。

后 记

《如意四季歌》中的作品，大多是我早晨遛狗之际写的一些小句子。2011年初，应女儿的要求，我买了一只边境牧羊犬，取名亨利。自此之后，早晨遛狗就成了我的一项任务。开始的几年，我把遛狗当作一种锻炼身体的方式和生活乐趣。记得当时还结识了附近几位养狗的朋友，大家每天早晨一起遛狗、聊天，彼此之间亲切地互称为“狗友”。可是，过了两三年，有的人搬走了，有的人因为狗不幸死掉了也就不来了。最后，坚持遛狗的就只剩下我一个人了。虽然早晨遛狗的时间很短，而且还要不停地走动，但这种独处还是给了我一些观察和思考的空间。于是每天遛狗回来，我利用上班前的短暂时间把自己的所思所想写下来。在这个时候，微博兴起了，我也尝试着在微博上发一些东西，但可惜这期间写的不少东西都遗失了。2015年，我从外语学院院长调任图书馆馆长。这时微信兴起，我又开始将自己写的东西配上早晨拍的照片发到朋友圈，没想到这些作品得到了一些网友的称赞。随着对图书馆认识的加深和与图书馆人交往的增多，我发现了一片人生的新天地，逐渐喜欢上了图书馆并日益融入其中。这种心理上的变化大大激励了自己的创作欲望。自2016年起，我就开始每天早晨写些诗歌、随笔之类的东西，久而久之，竟积攒了不少作品。截止到2018年底，光是诗歌就写了几百首，这让我看着也有些吃惊。在几位好友的鼓励下，我决定选出300余首结集出版，以示纪念。

虽说是诗集，但我从不敢把自己写的东西叫作诗。我认为，诗和歌是不同的。“诗”字是言字旁加“寺”字，按字形推测，应该是古代在寺庙里举行祭祀活动时向神吟唱的颂词或祈祷语，庄严而优美，是崇高而具有神性的东西，是非常人所能创作的。而歌则不同，“歌”字是“哥”字加欠字旁，从字形上推断歌是比较随意的，应是人人可写的大众性的体裁。诗歌创作，无论是绝句还是律诗，都讲究格式，但我没有学过这些，只是凭自己在学校课本上或平时阅读的一些诗词的韵脚随性而作，只要读着上口即可。从这个意义上讲，我所写的东西，不能称为诗，充其量不过是歌罢了。

但是，无论诗也罢，歌也好，其最终意义都是要表达人的真情实感，传递人世间的真、善、美。虽然我的诗歌在形式上不尽完美，按格律要求瑕疵还很多，但我想自己所追求的理之真、情之善、言之美并非一无是处。况且，诗歌的审美和创作也不必因循守旧。想到这些，自己又增添了不少勇气，至少我的作品是无害的，哪怕只有一个读者喜欢，哪怕只能给一个人带来精神上的慰藉或产生审美或思想上的共鸣，我也就知足了。

我相信文学的力量就像涓涓水流一样，能够于无声无息中浸润人心。我的诗歌内容多以自然为主，如春天的花草、夏日的风雨、秋天的果实、寒冬的霜雪等。因此，我把诗集命名为《如意四季歌》，并将其分为四个篇章：春之歌、夏之舞、秋之曲、冬之梦。这些诗歌虽然描写的是四季风物，但我并不想完全陷于风花雪夜之中，而是在对事物进行观察的基础上，融入自己对生活的感悟和热爱，表达出自己每一天的心情和思想。这些作品，多为短时间内仓促而成，加之日常工作和业务的繁忙，均没有经过仔细推敲，更做不到“语不惊人死不休”，但这也算是一种“原生态”吧。

作为一名大学教师，自己的本职工作是教学和科研，利用业余时间写些东西算是自己的一个副业。这个副业能够坚持下来，要感谢我的夫人，在早晨紧张的时间里，她承担了做早餐的家务，让我能够腾出十几分钟的时间完成诗歌的写作。还要感谢著名作家刘增山先生，自2018年结识刘先生以来，先生对我的创作给予了莫大的鼓励和认可，并应邀欣然为本书作序。更要感谢那些在微信朋友圈里默默支持我的亲朋好友们，是你们给了我持续创作的精神力量。

感谢春花秋实，感谢夏雨冬雪，感谢蓝天白云，感谢清风明月，感谢太行山上的石头、金泰花园的池塘和保定东湖的水，感谢土丘上的小草和郊外的树林……我感谢世间所有的人和物。每一次邂逅都是上天恩赐的相遇，每一句话、每一个眼神都是冥冥中的相知。是你们给了我创作的激情和灵感，是你们给了我取之不尽、用之不竭的创作源泉。《如意四季歌》是我们生命和心灵的共振，是我们爱的结晶。

张如意

2019年3月